Un amour de vampire

tu lis je lis

Mes premiers romans à lire à deux

(Dès la fin du premier trimestre du CP)

Un lecteur confirmé lit l'histoire
avec l'enfant qui apprend à lire.
Mais c'est l'apprenti lecteur
qui lit les dialogues, car ils ont été conçus
spécialement pour lui.

L'éditeur remercie Christophe Dupuy,
professeur des écoles, qui a testé cette histoire
avec les élèves de sa classe de CP.

Deuxième édition

18 rue Barbès, 92128 Montrouge Cedex
ISBN : 978-2-7470-5226-9
Dépôt légal : juin 2014
Loi n° 49-956 du 16 juillet 1949 sur les publications destinées à la jeunesse.

Achevé d'imprimer en mars 2015 par Pollina
85400 LUÇON - N° Impression : L71800C - Imprimé en France

Un amour de vampire

écrit par Didier Lévy
illustré par Pronto

bayard poche

Croc-Croc, le petit vampire, a beaucoup d'amis.
Chaque jour, il les retrouve au bord du lac
pour discuter.

Or, aujourd'hui, Croc-Croc se sent tout bizarre :

– J'ai vu une belle inconnue
au bal du Roi, hier soir.
J'aimerais tant la revoir.

Elvis le loup est intrigué :

 **– Elle est comment, cette demoiselle ?**

Croc-Croc prend un air rêveur :

– Elle est toute fine.
Et elle portait une longue robe noire.

Elvis sursaute.
Aurait-il trouvé qui est la belle inconnue ?

- Je sais, c'est ma sœur ! Justement, elle était au bal du Roi, hier soir.

Croc-Croc secoue la tête :

- Mais non ! Elle est bien plus fine qu'une louve.

Le petit vampire ferme les yeux et pense très fort à sa belle inconnue :

– Elle avait un tout petit nez en trompette*.

Cette fois, c'est Norbert le sanglier qui sursaute :

– J'ai trouvé ! C'est ma cousine Martine. Elle est tout à fait comme ça. Fine, jolie, avec un petit nez en trompette.

Croc-Croc fait la grimace :

– Tu dis des bêtises.
Ta cousine n'est pas comme ça.

C’est alors qu’il ouvre de grands yeux et pâlit :

 **– La voilà ! C’est elle !**

Il désigne une chauve-souris qui semble attendre, un peu à l’écart.

La sorcière Faribole tape sur l'épaule de Croc-Croc :

– Allez, ne reste pas là comme un idiot ! Va lui dire bonjour.

Croc-Croc se dandine en rougissant :

 **– Je n’ose pas.**

Oh, non, un diablotin vient la chercher en moto !

 **– Elle... elle a déjà un amoureux.**

Et, là, son cœur s'éteint et se brise
en mille morceaux qui tombent par terre.

Soudain, une drôle de dame surgit dans la nuit :

– Oh là là ! J'entends la vilaine petite musique des larmes. Je suis Taboulée, la fée qui répare les cœurs brisés.

Taboulée commence à ramasser les morceaux du cœur, tandis que le pauvre Croc-Croc sanglote de plus belle :

– Je l'aime si fort.
Jamais je n'en aimerai une autre...

Taboulée soupire :

– Ah là là, ils disent tous ça.

Tout à coup, le vent se lève, et une violente bourrasque* éparpille les petits bouts de cœur dans l'herbe.

– Vite, vite, il faut les récupérer avant qu'il ne soit trop tard !

Tous les amis de Croc-Croc s'empressent d'aller ramasser les fragments de son cœur et les rapportent à Taboulée.

– Merci, mes amis !

Il en manque encore un bout.
Croc-Croc a besoin de tout son cœur
pour aimer à nouveau.
La nuit tombe, on ne voit plus rien.
Croc-Croc a l'air mal en point.

Au même moment, on entend une voix douce :

– C'est ça que vous cherchez ?

Mais Croc-Croc est tout flagada.
Il ne réagit pas. Que se passe-t-il ?

Taboulée prend alors le bout scintillant des mains de l'elfe, puis elle le pose à sa place, sur le cœur. Ensuite, elle raccroche le cœur sur la poitrine de Croc-Croc :

– Voilà, mon ami. C'est réparé.

Aussitôt, le petit vampire s'anime de nouveau. Il remarque enfin la ravissante elfe, et son cœur bat la chamade*.

– Bonsoir, mademoiselfe, euh... je veux dire mademoiselle. Je m'appelle Croc-Croc.

L'elfe, émerveillée, dévore Croc-Croc des yeux* :

– Enchantée, monsieur le vampire. Moi, c'est Amandine.

Croc-Croc fait le beau :

– Je suis si heureux de vous connaître, Amandine. Buvons une grenadine !

La fée Taboulée va chuchoter aux oreilles
des amis de Croc-Croc :

**– Allez ! Laissons-les tranquilles,
ces deux-là.**

Et, pendant que tout le monde s'éloigne
sur la pointe des pieds, Croc-Croc
et Amandine se rapprochent l'un de l'autre…
et se donnent un baiser d'amoureux !

bayard

DÈS LE CP

tu lis je lis

Mes premiers romans à lire à deux

- **Des histoires à lire à 2 voix** qui les rendent accessibles dès le premier trimestre de CP.
- **Un concept validé par un professeur des écoles** qui a guidé les auteurs, puis validé les histoires auprès d'une classe de CP.
- **Les mots difficiles sont expliqués** sur le rabat.
- Des histoires de **32 pages** pour frémir, s'émouvoir, rire, réfléchir... Des histoires de la vie !

Les débuts de la lecture autonome

Réfléchir et **comprendre**
la vie de tous les jours

Rire et **sourire**
avec des personnages insolites

Se faire peur et **frissonner**
de plaisir

Rêver et **voyager**
dans des univers fabuleux

Se lancer dans des aventures
pleines de rebondissements

Illustrations : Frédéric Benaglia, Eric Gasté